青年
文学粤军
丛书

正在醒来的某个早晨

安然 —— 著

南方传媒 花城出版社
中国·广州

图书在版编目（CIP）数据

正在醒来的某个早晨 / 安然著. -- 广州 ：花城出版社，2023.12（2024.8重印）
（青年文学粤军丛书）
ISBN 978-7-5749-0174-2

Ⅰ . ①正… Ⅱ . ①安… Ⅲ . ①诗集－中国－当代
Ⅳ . ①I227

中国国家版本馆CIP数据核字(2023)第246050号

出 版 人：张 懿
责任编辑：李 谓 曹玛丽
技术编辑：林佳莹
责任校对：李道学
封面供图：包图网
封面设计：吴丹娜

书 名 正在醒来的某个早晨
ZHENGZAI XINGLAI DE MOUGE ZAOCHEN
出版发行 花城出版社
（广州市环市东路水荫路 11 号）
经 销 全国新华书店
印 刷 佛山市浩文彩色印刷有限公司
（广东省佛山市南海区狮山科技工业园 A 区）
开 本 880 毫米 × 1230 毫米 32 开
印 张 7.5 1 插页
字 数 100，000 字
版 次 2023 年 12 月第 1 版 2024 年 8 月第 2 次印刷
定 价 58.00 元

如发现印装质量问题，请直接与印刷厂联系调换。
购书热线：020-37604658 37602954
花城出版社网站：http://www.fcph.com.cn

为了爱你，我身上的火险些烧掉整个春天

目 录

辑二　亲爱的人

辑三　一个人的广州

辑五 白山黑水

辑六 其他

辑一　我在草原

在秋天，我是歉收的小女子

我不愿接受一些事实，比如：
七月二十，我的户口离开了苏木
我与亲人隔了诸多城市
要习惯粤语、回南天、七个月的炎热
在秋天，我并不比谁过得潇洒
我羞于怀念家乡的事物
我不懂民俗和历史，如此顺理成章
在秋天，有人歉收或丰收
说起少小离家的人，我不愿承认
我的虚伪、自私和狂妄
我的口是心非
我是歉收的小女子
在秋天，如果有一场雨来临，我要
携带闪电和雷鸣
在窗前，为对面楼顶的小树祈祷
它多像我，孤零零地望向天空
艰难的样子
无家可归的样子

今夜，我在家乡

九月初的赤峰，夜凉了，需要被子
外套、长裤和一杯热水
中秋的月光提前照进我的房间
落在干净的地板上
没有任何声音惊醒我的亲人
关于我在牧场放生的
那些蚂蚁，不知它们是否
准备冬眠，是否像我
因为明天的离开而彻夜难眠
还是正在昼夜兼程地搬家
搬走卵、幼蚁和粮食
一想到它们弱小的力量，我就羞愧
其实，我多想加入它们的队伍
将这里一起搬走

乌兰哈达

或者比冬天更为寒冷
乌兰哈达并没有下过一场雪

我喜欢寂静大于喧嚣
我独热爱清晨的霜

像顶碗的姑娘跳筷子舞
像一匹马游到乌力吉木伦河的对岸

我在勒勒车上数风车
对遥远的白马雕像致敬

我要先敬我的祖先和同胞
再敬这九万平方公里的土地

除夕

清晨，牧场里点燃爆竹的人骑车去向草原
一个诗人在黎明中托住微光

雨下了一夜又落在帽檐上
大地寂静无声

灯光里，我不断地敲击岁月
和门帘前的悔悟

空荡荡的夜晚，除夕
与以往并无二致

无非是我的心
又被清洗了一遍

骑马路过达里诺尔

晨曦清亮，晴丽在琴音的雄浑中
诗人在达里诺尔湖边
我在这里晚归、沉醉，和朋友
骑马而过

他们是我的族人
操着方言，唱着旗歌
在比萨斜塔中获得永恒的乡音
我和他们一样，爱在心中猛烈生长

我们开始怀念往昔和大地的风光
以及照进肉身的疼痛和欢愉
我们开始变得悲悯
如同湖中放肆游弋的华子鱼
穿过异乡的经纬
来到我们的悲悯之处洄游

贡格尔草原之夜

禾草整齐地站立在河岸
马匹踏着针茅的暗影彻夜嘶鸣
我以最快的速度来到草原的中央
枕着悠悠大地，盖着辽阔苍穹
与时光比肩而眠

我是那么小，那么软
秋风吹着我紧张的、战栗的瞳孔
勾勒出我心中的宏伟和高光
我又一次在故乡的深夜里辗转
陷入无限的困境

怀着对故土和兰泽的敬畏
我的深情被昼夜之爱包裹
汽笛在贡格尔草原的公路上长鸣
一切都变得平稳、厚重、悠长

故乡在我的背部向羊场撤退

夜的静谧在漫延
我在古老的月光下饮草叶的锋芒
这么香甜，这么重
如此相逢，让我在味蕾中
对故乡生出新芽

在额尔古纳河岸

在额尔古纳河岸，我拿走了
石子、刻刀、尺子和一条绳子
我试图靠近一位古稀老人
她安详、宁静，有一股强大的力量
这力量是直的，来自云霄
大雨落在南山时，我试图
托起云团，它饱满、洁白、柔软
有世间的美学，静——
如果有一天，你看见众鸟高飞
就要想到眸子里溢出来的静
这些洁白的、平凡的、说不出道不明的
一种被你我忽视的，静——
它更接近于神圣
和永恒

晨记

啜饮着晨风
梳理着人世的渺茫
你想象着亿万个清晨
来到你的唇上

甘露轻盈，蜂群歌唱
雪雀在你用灵魂砌成的岩层中
火苗不会因为六月的结束
而离开燃烧的稻藁

时光渗着雨，我读着安德拉德
晨曦在山间笼罩着白玉兰
倦鸟飞出我的梦幻
你心尖的平仄跟随着群山起伏

我从草原来

带着箭镞、母语和高高的焰火
带着毡篷下亲人的爱
带着唯一的信仰，唯一的黎明前的宣誓
我从草原来，带着恩养的宁静
细小的身形、烈马和长鞭
奔驰在遥远的南方之南
我宁愿自己是灯火下最微弱的一盏
最脆弱的影子

我从草原来，带着母性的温柔
和草叶的一生，接受南方的再教育
人们从我的身体里牵出野马，引出河流
这一系列的事物——
带着少女的娇羞与迷恋
带着贫瘠与疲惫
带着毡帐

我从草原来，带着故土的血脉
奔跑在环城公路上
我奔跑，带着牧场几个朝代的灯火

我嫉妒它们没有孤独、性情和爱

我嫉妒月落乌啼，嫉妒

黄叶拥有整个秋天

嫉妒在围场熟睡的人

至于那只雀鸟，我也嫉妒

在山野，我嫉妒蒿草生长，甚于

旱獭流落荒原，嫉妒明月

总是低于山腰

风继续缓缓地吹，光阴被折叠

老人克服顽疾，妇人迈过春天的门槛

年轻人远赴他乡，摇晃的万物

露出一点点白

在旷野，我嫉妒万物凋零

嫉妒它们没有孤独、性情和爱

嫉妒它们没有可背负的青山

和一个认真牵挂的人

草叶间

我们无枝可依，无话可说

天空无限的蓝，罅隙被草丛的呜咽填满

我们只身来到云杉下

效仿人间之事：温茶煮酒，小火慢炖

与山丹一起生长

我们只是断鸿、素娥、烟萝

我们渺小，在旷野吹落蒲苇的倦怠中

我们翻飞，沿着漫山遍野的云雾

也偶尔跟随日光，去往山坡的南面

那里有祖祖辈辈，有菩萨的真身

有佛祖的哈达

那时，我们坐在湖面

任凭黄昏收拢寂静和孤独

任凭霞光照进我们灵魂的四野

我身体里的草原

从身体里围出一片草原
在上面种广袤和蔚蓝
建一座房子，屋前停放勒勒车
屋后是一条河流，群羊在冰面上
度过每一个忍冬花的冬天

秋草摇着静默的光阴和大地的空旷
我身体里的长赢年复一年
草原之上，炊烟四起，棚舍相连
泥土散发清香，雨水灌溉良田

谷穗上有我去年收获的稻香
它一直飘
飘向古代的星光，飘进先人的血液

它飘回我日思夜想的毡帐里
做永远的爱人

母亲河之歌

在额尔古纳河上游，我是渐退的黄昏

我是羊肠般的河流

我是干净的流云和静谧的苍穹

如果有人问起我的祖籍

我会告诉你玉石、红山

以及穿越篝火的马头琴音

我会告诉你九千平方千米的草原

我还会告诉你那达慕会场的赛马队伍怎样骐骥一跃

在额尔古纳河上游

商队从一个朝代走向另一个朝代

西辽河正演绎一段漫长的历史

牧场炊烟袅袅

族人在丘陵起伏的日月里，在沟壑纵横的大地间

收割晒谷场的稻穗和草叶

在额尔古纳河上游，河流交错冲突
达拉哈湖的小鱼跃出水面
沉睡的沙生、沼泽和草甸从古代苏醒
它们如此热爱，如同我
抱紧春日里的相逢

莼鲈之思

雨下在兴安岭的西南山脉
各朝代的车轮碾过那里

他们须臾的清辉，酡红的旗帜
在闪电中褪去艳丽
他们在一场暴风来临的下午
在林木丛生的春天里
在昨日的阴云中，保持静穆——

他们
向未来的清晨，向热情的木桩
向灌溉的沧海桑田
送来飞鹰的啼鸣

晚晴的草原上，我的乍见之欢
我夜夜守护的星宿和子民

五月的赤峰

从鲁迅文学院结业后，我回到这里
在两个半小时的高铁上，我又看到无垠
以及焦黄的草叶
它们秩序井然地坐落在营寨、牧场
和农场，对大地保持敬慕
列车碾过村庄的祥和与低处的坟茔
多年来，它日月穿行
在每一个冬日的清晨整理空中的棉絮
它用浩瀚的流水和广袤的蓝填补我内心的白
它耗尽全力托举我的梦幻
以及我对北方剩余的深情和哑默
五月的赤峰，是我胸腔的火焰，是我眼中的寒莹

围炉夜话

冬日，我们将木桩劈成细小的碎块
捡拾院子里的秸秆，填满灶膛
冬日，我们漫山遍野地走，穿过大雪封门
走过村庄枯槁的落日
把煤炭塞进铁炉的刹那
我们感受到这旺盛的火苗像燃烧着古老的天地

冬日，我们安静地躺在稻草里
我们等待，在辽阔的寂静之中
我们这样围着炉子
整夜地坐着
或者在炉边烘烤、打盹
做一天的家务

冬日，我们收集一个人的过往
教它怎样度过漫长的冬日

草原一夜

在草原上，我行走，在路边坐下来
我有天高地阔和闪烁群星
我焦急却从容，顺应万物的变化

慢慢地，我明白了先人的谶语
月亮上的不治之症和谷地的西风
我原谅了灾荒、贫穷和流言
像原谅自己的错误

那么多的陌生人，曾在此跪拜、忏悔
他们只想要一生的安宁
在草原上，我也试着让自己清醒、平静
承受暴击，然后复活，如同草叶
在每年春天葆有某种力量
然后，生长

赛罕乌拉

这些罕山、林场、苏木和嘎查

有我的体温、乳名

这些落满枯枝和干叶子的旷野

有字短情长的爱

我知道赛罕乌拉水源充沛

知道这里的牧人拥有劳绩

但我依然在亚热带和沟渠相连

在山谷冰川培育刃脊和角峰

我热爱这里的一切，如同藻类和苔藓喜爱

庆云山上的沟谷和坡地

如同凤山上的怀陵，铺满耶律阿保机的战绩

我热爱承载梦幻的古地

热爱群驼峰上的一棵灵芝

永久地矗立在干涸之地

草原颂

我渴慕边境线上的山地向北
野花开进云层
领头羊返回古代的黄昏里
我渴慕马匹跑在天地的缝合线上
扎鲁特草原上的牧民
一遍遍喊我的名字

在迷蒙的记忆里
我渴慕块状的林木孤独地站于原野
溽暑侵袭，对准我的惊慌和草地的寂寥
斑驳山影来到虫豸的欢喜中
草原上灯火通明，照映人间的沼泽
一地的灌木扑朔迷离

我渴慕赞美
蒙古长调中的福祉和晚颂

以及马背上动人的传说
我渴慕草原上的顶碗少年
围坐在牧场，月色中
听马头琴在命运中交响

一个未来

身着霞光，在草原上一直走

直到鸦雀归巢，牛羊卧躺在草滩上

直到疲惫的山坡沉沉地睡去

牧场安宁，夏蝉争鸣

古色的皮肤之上倒映针茅的影子

那些杨柳在原野之上茕茕孑立

好像永不知孤独

我指着远去的黄昏

漫山遍野的光芒，好似某种希望

一个未来，令我欢喜，令我对沉静的草色充满深情

在暮色里

我还在等，还在爱
还把棉絮铺展在春天的脚踝下
我还是荷锄、浇水、防寒，希冀农事的结束
与燕雀一起下山或晚归

我还在等，白白的雨
突然懈怠
在我的脚趾上
在我的想象里，未曾终结

我还在等，一个秋天
一场大雨，一次寒流的到来
我还要拧干发梢的最后一滴水珠
我就坐在憧憬的火焰里

目不转睛地看着煤火，热烈地、奔放地

不知疲倦地，在原野上燃烧
我还在等，一个静止的、充满自责
和悔意的自己，在草原的暮色里

闪耀的时刻

你闪耀着，在夜空中
告诉我花朵的芬芳和橄榄的翠绿

你闪耀着，在洛尔迦的故乡
向我描述"哭的弧度"① 和"黑色彩虹"②

你闪耀着，在草原的空空荡荡里
让我从马头琴的尾音里测量出故乡的距离

你闪耀着，不再满足手中的稻谷和荆棘
你欣慰此时迈过了宇宙的门槛

你闪耀着，面对浩瀚的天地
我从中悟出了人世的真理

---

① ②　引自西班牙诗人费德里科·加西亚·洛尔迦的诗歌。

走在一首诗中

从一首诗中走来，绕过云霞和沼泽
春日的雨水围坐过来
带着淅淅沥沥的平仄之音
落在山脉的中部

从一首诗中走来，麦芒穿过我的掌心
云层掠过屋檐，气泡水扑腾着沸腾的心
它们和杪秋的草木一起燃烧
却怎样也烧不尽我的辽阔和热望

从一首诗中走来，我忘却所有的悲欢
脚下的欢颜，抬眼时的日出东方
走在一首诗中，我牵引着日光
建筑阁楼和小园，这春色

从一首诗中走来，撩拨着花枝和鸟雀

身披火舌，在闪电中疾走

在黑夜中彳亍

在一阵阵掌声中静候陌生的黎明

黄昏

该用怎样的词来形容它，在牧场
黄昏是你的
风是你的
落在地上的羽毛是你的
我听见牧民歌唱，是你的
在牧场，云朵是含蓄的，河流是清澈的
是你的
嗒嗒的马蹄声，是你的
我们躲进白帐篷，弓箭是你的
木匣里的银器是你的
大碗的酒，喝下去，是你的
在牧场，骑马的少年，是你的
土地上的黄昏是美的，是你的
我也是美的，是你的

骑一匹马

从凹处出发，去致敬
朝与暮，去生活的别处
领受先祖的旨意，和鞭子的教诲
在泥泞的早晨，马蹄笃笃
去感受旌旗猎猎和钢管里的风
骑一匹马，去唐古拉山的高寒之地
去祖国的西北边陲，去黄河的
上游，回族人的故乡
去辨识月光的质地
骑一匹马，去菩萨的寓所
请求她，宽慰她，给她前路漫漫
人世多秋，骑一匹马，去看看……
看看村庄，一个人的暮年，活人的恩怨
也看看青草爬上屋檐
骑一匹马回童年，抱住
多汁的草叶，像抱住我年轻的母亲

在古代

月亮甜蜜，时光炸裂
两束花枝持续地颤抖
我站在荒原的辽阔和萧瑟之上
我的萨杜恩，我的小白羊
在开往赤峰的火车上
芳兰竟体
坎坎伐辐

在古代
在剑影中牵出山中的白虎
在古代，我两手空空
而星辰闪烁，将目睹我犯下的种种罪

深秋

凛冬降临时，我们经过苦寒的高山
和哑默后的星辰
我们是这样：穿过古代的山丘
画中的长廊，和一个又一个晚霞

我们像稻谷一样，饱满、金黄
在原野中扑朔迷离

阿穆尔河畔

阿穆尔河畔的群羊转向针叶林
流水淌在黄昏的寂静里
黑鹰和猛虎站在肃静的光晕中
我们裹紧的兽皮充满未知与惊喜

遭遇严寒而枯槁的木桩
发出疼痛的哀鸣
我们一再消耗的火石和鱼骨
裸露在云雨的脊背上

我们拥着风
对四野的群山持续地点头
在阿穆尔河畔，我们素描出祖籍
以及一个民族内部的根茎与繁茂

喂马

带着一点点兴奋，喂给它们针茅、咸草、粘蒿……

喂给它们一箩筐的青储

也把父亲多年的沧桑和衰老喂给它们

喂给它们幻想

无依无靠，和井边的落日

让它们咽下所有，连同铁桶里的有毒物质

我把一根根秸秆喂给它们

像在贫穷年代忍受饥荒，和寒冷

咀嚼，一下又一下

喂给它们白酒，也让它们沉醉

喂给它们稻谷，也让它们享受最后的富贵

我找来太阳和云朵，喂给它们秀色

我搬来河流，喂给它们弯曲和昼夜不息

它们在空荡荡的人间驰骋

在逼仄的道德牧场狭路相逢

我从外面请回宁静和春天

喂给它们

在牧场

我羞于说出它，在起风的夜里
我羞于说自己的年龄
很多时候，我羞于说出
自己的贫困，像干树叶一样
在秋天隐匿
我在天空下
和水里的云彩并排站着
我望着远方，熟悉的人向我招手
呼喊我的名字，一遍又一遍
在吹乱的河面上，一遍又一遍
我并不知道，一饮而尽的
是我的倒影、万顷草木
与些许弱小谦卑
一遍又一遍，在牧场
在起风的夜里，我羞于说出
一个成年人的无奈

原上秋草

一直持续地绿，在秋阳下渐黄
枯槁，染绿——
像我从未间断的赞美

在风中，在湖边的林中，在每一次
雨落在草原的时辰
它们渐次生长，卑微而静默

大片的黄，在挨家挨户的山坡
在科尔沁草原的南面
在大风起兮云飞扬的眼前

被收割，被圈捆，在铡草机
唰唰地运作中，被成群的牛
收进眼底

夜色迷蒙

这寂静来自它们低头吃草的样子
来自河流里的一弯月亮

如果苜蓿草会说话
我宁愿这个夏天再漫长一点

我想放生一条蛇
如果明天就要晴转多云

如果今夜没有争吵和敌意
假设岁月还可以来日方长

我还能在烛光中穿过一缕风
雷阵雨恰好有自己的情调

我想圈养一群羊或一只狼
姓氏随我，血缘随你

坝上

马蹄停下来，我好奇牧人
如何在河边放生受伤的水蛇
他用鞭子抽打草叶，一群山羊
便开始奔跑

我注意到云间的野茫茫
河流上游一棵歪脖子的老树
挑水的人出入毡房
一头黄牛在草丛里顺产
野兔终于逃脱了猞猁

马蹄再次停下来，大地离黄昏
近了，牧笛离月亮近了
在坝上，我离众生，近了
一切都近了，唯有我的肉体
和灵魂，日夜不停
在南方野蛮又热烈

群山起伏的倒影

我在群山起伏的倒影里
把白茶壶洗了又洗，等
下山的砍柴人，一边喊我
一边把板栗翻炒，我给不认识的
野花野草起好听的名字，给
青山和云朵绣上羽毛，给生活
涂脂抹粉，口红用裸色
我在倒影里修炼功法
我要让自己比大地富饶，美貌
赛过晚霞，我比雪花
还要洁白，我在倒影里
跟达官贵人喝酒打牌，接济
山庄里的孩子
夜深人静，我张扬跋扈
一天，两天……我的爱
在秋天的稻穗上此起彼伏

冬日小夜曲

我爱荒原上的雪，芦苇在风中凌乱
我爱这些秸秆在烈火中燃烧
我爱紫葡萄在架上颤抖
我爱冬天时，羽绒贴着胸膛
飞鸟贴着大地疾行，我爱这些凋零的
枯槁的、干瘪的、萧瑟的、无声的
枣树，和一根稻草的晚年
我爱越来越寒冷的夜晚
去探望一棵树，或一座老房子
门窗紧锁，冷风穿墙凿壁，像野蛮人
用斧子砍向光阴的门闩
即便如此，我还是爱尖锐的、带刺的
玫瑰、荆棘、蔷薇、仙人掌、蒺藜……
我还是对来日的冬天深信不疑
我爱雪地里的狭路相逢
我爱寒冷里的拥抱和亲吻

请不要轻易说出爱

在故乡，请不要提及我
不要说出，一个异乡人的难堪
不要说走就走，记恨离别
不要说艰辛，谁又何尝不是
你要谨言慎行，爱一个人
爱一些细微之物
请不要爱上，不要轻易说爱
或不爱，在故乡
我乞求你什么都不爱
不要轻易说爱这寸土地
爱亲人胜过爱自己
爱在这里的每一个时辰
我们都是渺小的人，请不要
轻易表达你的悲伤
我的欢喜，也不要说出
这几年，在故乡
我们的爱愈加模糊、羞涩和惭愧

深夜，在山中

我只是走进去，坐下来
流星就覆盖了群山
深夜降临

我向后退，努力靠近一棵树
我的背后是黑漆漆的夜路
赶路的人发出轻咳，孩子
也会就此调皮
此时哭声四起，群山仿佛在呜咽
在荒凉的山中，我的
双腿会痉挛，眼睛会麻木
内心的鬼怪也会伺机而动
我继续后退，扮成一块石头
听草木抽打大地的声音
我一次次回头，望不见的
河流却停止了奔波

蒙古之地

它持续地晃动，在一束光中
在蒙古族人的琴音中
一群人接过岁月的嘉奖

它继续晃动，在无人问津的小站
当灯火降临，我们穿过游牧民族的聚居地
将察合台的钟声送回辽金的部落

如果它记得，我们将一起
在漠北的草地上，眺望斡南河的星辰

河岸上的雪花

在腊月的北方，额尔古纳河流经的区域
落满大片的雪花
在腊月，我和妈妈说起十年前
赶车的早晨，从来都是雪落成山
我看着它降落、堆积、融化
变成一滴水，渗入泥土

那门前雪，从来都是如此
落在人间一个小小角落
落在寒冬，灯前扫雪
落在我的指尖、发梢、眉宇
途经血脉、呼吸和冲断的记忆
我一直这样看着它，落满发丝
我看着它，落在人间的门槛上

只缘身在故乡时

在故乡，我才能睡眠充足
吃更多的粮食和蔬菜
不必担心肥胖和明天的事
出门，跟乡里人东拉西扯，一上午的时光
没有人在乎我的语气和一不小心
也没有人查看我的背景和经历
只有在故乡，我才能不化妆，不戴胸罩
上街买菜，逛超市，抱回一筐的橘子
照镜子，每一个表情都是从心里长出
真实的像风，来去自由
在故乡，我才能平静，与若干细小的事物相连
隐于心的痼疾不需要西药也能恢复
不要去打扰此时的状态，一旦离开
就会泛滥成灾

十月，我也将拥有空中的绝响

像秋天那样辉煌，像落叶那般坠落
十月，高阳明照，辽阔不属于我

大地的凄凉
我们每个人都渺小如粒

十月，我一个人坐在苍凉的谷地
任凭渺渺星河
将我带回冬日的旷野

天地浩大
我只照看这些小花小草
一些平静的云

窗下云杉林

清晨的惊喜来自一片云杉林
我突然在晨曦中变得清澈

把自己抛向它们
带着霞光和露水的内心
一起穿过归乡的高速路口
煮茶的人，挑鱼的人
同父亲从草原深处驱赶牛群的人
在云杉林里休憩，避光，谈论秋收

阳光越来越高，我是这样的人
带着自私和偏见
把自己置于窗下云杉林
尽情地抖动

这么疯，这么勇
对于故乡的爱，我贪得无厌

远方的诗人

发出乡愁之音时，我的声带喑哑
全身浸泡在十月的黄金中
大地以麦浪之光灌满我灵魂的胸腔

我可以写下：推涌的风声，小烛台旁的光景
在秋日的永昼中，汽笛长鸣
穿过十月的卧室和栅栏墙
草芦苇摇曳在霞光的冷布和珠帘上

我突然从梦中清醒
远方诗人的内心比得上秋阳热烈
甚于草木的茂盛
遇到久违的事物
我的叹息带着潮湿和风暴
穿越一个人饥荒交错的青年时代

昭乌达盟的风

很多时候
我把自己当一场风
吹着历代的星辰
也吹着昭乌达盟的贫瘠和褶皱

风在大地上奔驰
拂过城楼脚下卑微的草芥
我的年龄再添新岁
风就愈加激烈、勇猛
风吹开脚下的灰烬，吹平坟茔
我的姥姥葬在这里
这里寥寥无人，唯有风围剿山峦

在南方的多数时候，我是一场风
绕过灯塔、喧嚣和轰鸣
回到这里，凶猛地吹
像是一个伤心欲绝的人
哭声壮烈

在路上

一路上，我拥着冬日的无尽萧瑟
在火车上半醒半睡，时不时数一数窗外的人影
熟悉的场景和村落名：嘎查、苏木
带我回到儿时，千家灯火旺盛的夜晚
村落的宁静深处会传来狗吠
和女人半宿的蒙语
每个清晨，牛群羊群马群结伴出行
我总站在院墙上望着它们凌乱后又回归整齐
车辆从草原的深处驶来
我目送它们，在手掌大小的距离
像是母亲送我去南方
内心像在刀山火海

那一刻，一把尖刀
在我的骨骼上用力地挖

草原纪念日

我在这里，眼中充满雪
手上布满长夜的寂静
我的怜惜不代表西拉沐沦河的静谧

怀念一张椅子的时候，我想到院墙、石子路
和母亲用掉三分之一的盐
我想到自己，疲惫的肢体中瘦弱的梦
我的卧室时常有芍药盛开的声响

我为之言之凿凿
试图和清晰的脚步声一同起身
我望见深冬的严寒
和自己的影子在卧雪的草地上交错
我的母亲拿出从容和衰老，张开双臂

牧场日常

我矛盾，我遗憾
今天的水烫坏了喉咙
那是普遍的日常。春光在晨曦中明艳
今日的天蓝过前日，阳光也比前日亲切
在早餐里看见爱。小虫飞过低温茶壶的顶端
一朵牵牛花开进我的卧室
半杯牛奶和一碟奶酪，我不忍心吞下
有时云朵为了躲避一阵风，提前返回
有时街上的过路人为了尽快抵达，停止歌唱
中午的沉迷来自一顿简餐和一次沉睡
没有焦躁
没有隐私的痛

我矛盾，我遗憾
在牧场的一天，让我火热燃烧

西拉木伦河

脚步轻盈，流水浑浊，却能滔滔
我想到族人在枯水期用掉一整夜的时间
返回河岸的上游。我想到
水面上飘动的春天
西拉木伦河，浩浩荡荡，从我的脚下
流向下游和支流的巴林桥
一茬茬的人走过千年，水流浩瀚
西伯利亚寒流、超汛期、沙尘走过千年，水流浩瀚
低矮的瓦房、渺远的炊烟、孤单的桦木走过千年
水流浩瀚。我备用的轮胎碾压过小部分的岸滩
我曾是这里的一块云、一阵风、一场雪
又或者，我是马场中最弱小的一匹
在饮水的刹那，我咽下的不是水流
是我的渴求，一场盛大的雨，和一个匆忙的春天

牧人短章

1

一想到生命中短暂的内容
我是多么爱你。蜷缩在微风中的旭日
正将整个村庄的云霄推给我
顺便捎来羊群的口信

2

我热爱这里，多过热爱真理
马头琴响起，我可以一直这样安慰自己
将树皮剥落，将枝干砍断
再将它们的影子合并成我儿时的叹息

3

一直走，就可以看见湖泊
只要停下来，我就会继续清醒
保持高温中的敏锐
并向敌人张开双臂

4

不必感伤，在回家的路上
我没必要解释过多
这无用又苍茫，甚至被人嘲讽的诗行
它们有我短暂的迷茫

5

离开前，先在井边种满葵花
再种满麻黄草
最后搬来最圆的落日
我是秋日草原上最小的一株芦苇

6

我隐藏在起落的歌谣里
弧形坠落
春天来临，我就去找丢失的河床
那里有先人在等我

7

一杯，两杯，三杯……
一碗，两碗，三碗……
骑马归来，我的睫毛结满冰霜
现在，我不爱炉火

8

天空的下面是红砖绿瓦
坟茔的上面是青青牧草
古代的铁骑跨过去
闪现天堂的洁白

9

跨过河流的时候，我在父亲的脊背上
游过峡谷的时候，我和父亲在马的脊背上
我在一个民族的脊背上
闪闪发光

10

我会成为冬日牧场上的骄阳
落在达拉哈草原的西面
汇入风的领域
悄无声息

11

在草原上写诗的人
她的手在颤抖，茫茫草叶中
哪一种才是用不尽、说不完辽阔
永远生长在冬天的惊喜

12

火苗在灶膛中燃烧
我和母亲守在厨房的外面
任凭热蒸汽弥漫房间
像风尘弥漫屋舍，只在悄然之间

草原诗篇

1

绿色的、广袤的、湛蓝的——
当我用这些词去描绘
我的故乡——乌兰哈达
草原上的城
我内心的澎湃之音与骄傲之音

2

当贡格尔草原上升起不落的太阳
当达里诺尔湖挽住夏日的黄昏
当阿斯哈图石林的流水饱经风霜
当我一个人站在苍穹之下
体悟这空旷、无垠和人间的浩荡

3

那一刻，我感受到了
山河的秀丽，民族的风采和祖国的巍峨
那一刻，天地寂静，只有羊群和马匹
于岸边行走，只有我
一个人在春风中用力地疾行

4

我在蒙地的蔚蓝中歌唱
马头琴声在牧场飘扬
长调在心中高亢
金露梅在我的体内生猛地艳丽
是呼和格日苏木的勒勒车载我走向高处

5

是牧场的族人让我拥有朴素的力量
是那达慕会场上冲刺的马驹
让我在人群中顶天立地
抚摸它赛场的戾气
是它教会我在赛道上的从容和倔强

6

我在五月回到乌兰哈达
我永远的故乡
夜风依旧刺骨
像是小时候，我跟在母亲的后面
任凭北风吹刮我的哭声

7

在赤峰，我写下这些麦穗和风声
我用巨大的体力抱住
所有的草木和全部的恩情
我的河流，我的春秋
我命运里无休止的跌宕与惦念

8

我还爱着故乡
消瘦的，安宁的，在时光深处
慢慢衰老的，极容易满足的

黎明中草叶枯荣的一生
我热爱它们宿命中跌宕的轮回

9

我热爱它们落叶归根的结局
我还爱着深秋的稻穗
漫长冬日的炉火
一个夏日短暂而羞涩的傍晚
我还爱着那个春天，青青牧场里的亲人

10

我还热爱草原的晚霞
大片的云朵，一条即将干涸的河流
在科尔沁草原，在西拉木伦河的上游
我热爱这些雄鹰，这些牛群
这些被我一一说出名字的马匹

11

我在心中勾勒故乡的轮廓
每一笔都具体

每一句都生动
在全部的爱的赞歌里
我是故乡秋日午后低眉的小叶杨

12

是美的，是好的，是明亮的，是热泪盈眶的
乌拉哈达——
我该用什么歌颂
霞光一样的天宇，烈焰一样的四季
我生命的二分之一早已缀满草绿色的叶片

辑二　亲爱的人

为了爱你

为了爱你，我在体内豢养虎、豹子
一种邪气也开始滋生
我努力做好沉默的准备
我喝掉很多盐水
如果可以慢一点，我还要
在体内豢养更多的生灵
比如，我们一直追逐的鹰
它飞行的速度超越了云
也超越了几条河流
它开始慢下来，为了爱你
我豢养了更多的情绪
我背叛了一片森林
我违背了秩序
在村庄，我伤害了无辜的人
踩死了很多只蚂蚁
为了爱你，我在体内栽种罂粟
和更多有毒的植物

我做了很多危险的事情
为了爱你，我身上的火
险些烧掉整个春天

种美人

我在你的身上种芭蕉和草莓
种绿绒在唇上，种一对火凤凰
梨花带雨，也种三千佳丽
让你醉生梦死

种春秋，漫长的冬夜
在你的腹部，我种樱桃和白茅
在你舌上的酒庄，我种下
烟民，陪你在棋牌楼

种晨露和大雾茫茫
瘾让你飘飘欲仙，烈火中烧
即便如此，我还要种下万两黄金
在你腰间的素丝上

种山河和兵权，你爱

江山浩荡，枕边的美人
和手中的利刃，我要为你
种下英雄救美的盛世

小妖精

我要扮成小妖精，引诱你
用细小的爪，勾住你
用舌，圈住你
如果你上瘾，我再用腰缠住你
死死不放

我是你的小妖精，在山谷
我谁也不信，只信你
你说小妖精是媚的，她就媚
你说小妖精是妖的，她就妖
你说小妖精有毒，会使美人计
她就雀跃、欢喜……
当你中毒愈深时，小妖精就是药
汤药中药、泻火的药、解毒的药，良药苦口
都要喂你一一吃下

远树

你必须骤突
你必须一直绿着
我这样要求你，必须在阴雨后
成为我体内茂盛的青苔
你必须斑驳，在树影下猛烈地撞击
我还在要求你，请你抱起我
凌空，飞翔——
让我日夜深爱，且沉醉

给你的

我给你的，只在拳头大小的地方

我给你的白昼与黑夜，无关与有关

我给你的接二连三的分别

我给你的惊慌与焦虑

数不尽的小心思、小情绪和小心机

你都一一接受

我翻遍词典，给你最华丽的赞美

我把世间唯一的颂词读给你听

唯一的风光霁月

这是迷醉的一天，我把一切都给你

瓶中的水，水中的药，药里的晴川与白鹤

我给你的，在萍水相逢中

我给你的错觉

在久别重逢

我给你的褐色的喘息

略带危险的敌意

我给你的爱意生满刺和锈

我给你的灵魂的嘉许，蓄满雨和雾

当你在湖中生出漂亮的叶子

我曾给过你最小的惊悸

——一盏酥油灯微弱的火苗

——一束霞光中短暂的重叠

我给过你的病入膏肓

和渐退的马蹄

一炷香在努力地燃烧，努力地灭亡

我给过你的上帝匆匆吻过的疲惫

打磨一缕光

我用光，做你柔软的身子
做你的骨骼，性情也是软的
整个冬天，我都在打磨一缕光
使它坚硬，可以触碰石头
最好经得起沧桑
要像一位将军，身经百战
很多时候，我用力打磨
差一点就把冬天磨坏
差一点就忘记了冬天的事
只差一点，我就能把光打磨成你的样子
还差一点点，我便能
打磨出眉毛、胡须、牙齿、鼻子
和一双注视我的眼睛
你看，我总是这么用力
试图打磨出一次轮回
一场只属于我们的盛世

我们一直大饮

有时，我们一直饮
在深秋的辽阔中，夜以继日
有时，我们忘记彼此
忘记酒中的笨拙与不安
以及我们在醉梦中抱紧的贫瘠命运

饮一整个冬日，不知疲倦
在马桩的沃野上，夜夜难眠

爸爸

你望着风，我明白你的
言外之意——
二十几年，我明白你
鞋底的泥土，身上的灰尘
无奈一次又一次
我明白你低头、挥手、不吐一字
和你躬身时的谦卑
你微笑的眼睛噙满了泪水
爸爸，当我长大，明白了
生活的难和苦，就像现在
我明白了你的难和苦
一刹那，碧波开始呜咽
爸爸，我明白你
我明白一位父亲的难和苦
我不会谈及你的沧桑
和苦难

你

雾散，云起
我们坐在藤蔓的叶子上
谈论该亚
这一河的睡莲簇拥着大地
在橡树下娇羞、打盹……
宛如像黄昏一样倦怠的你
在雨中抽泣
在一只拳头里啃食野果

你是玛利亚怀中的婴儿
你是一阵热空气
伴流水进入亚热带
你是风，是云，是雨
是我心中不可或缺的广袤

花落，水涌
我们坐在前朝的月光里

谈论天地

这一世的繁华，我们

必然要把它抱在怀中

林间

我从此隐匿山林
为草木说书，用泉水
煮粥煲汤，再从云间深处
提回一个篮子，豆荚、蘑菇、白果
和我在春天种下的芥蓝

我从此不问世间事
无论几个孩子，都能背书
识字，写方正小楷
烟云处，总有一个能辨春风
把月落鸟啼送出秋天

我就这样在山林
笃信神灵和月光，为木屋
找来钉子、铁锤和油漆
我搬来一块石碑

刻自己的名字

我就这样隐匿于此
不管蜻蜓有几只，渔船
是否靠岸，江渚上破晓时
我看见风移影动，岁月
在波光里转弯

你的名字

我在慢慢长夜默念你的名字
晚风击打着墙壁和院落
我已像陌生人，厌弃你
忘记你——

我默念你的名字
在南方的某个港湾，在北方的某片稻田
你的名字，在内心的丘陵中
我默念，却说不出你的沧桑
晚风急躁且张扬，笼盖四野
我站在寥寥的夜空下
唯有空落落的身体
唯有瑟瑟发抖的灵魂

我成为过你

我成为过你
我成为过你喜欢的样子，你的牙齿、指甲
晨风中颤抖的惊喜
我成为过你绝望的理由
一小块疤
一片黑暗中的沟
一种旷日持久的衰败，一次寥落的存在
长时间以来，我成为过一个诗人
爱着远方的哲学
我成为过你，在失修的路基上醉意沉沉
我成为过一小块冰
在极寒之地练习生长
当我再次成为你，成为你的瞬间或永恒
我是凋零的桔梗，我是分娩的绿绒

给你写信

给你写信，盗用山水之名
写长长的道路
写暴风雨突来的前夜
写村庄漫长的消亡史

这是第一封
蘸着紫罗兰的芬芳
写一个人站在秋霞里
摘取一片雨后的枫叶递给黑夜

这是第二封
要装满盛开的牡丹
和白桃子的夏天，要装满整个秋天
和冬天，我在它们中间来回地奔走

这是第三封

羊蹄甲凋零，深秋已高远
像一切都是虚无，像我从没有来过
而天地从此浩荡

给弟弟

你只是这样静静地，什么都不用说
你只是冲我微笑，什么都不用说
此刻阳光来到我们的身上
我们什么都不用说
多么美好，我们只是相互微笑
已胜过千言万语

弟弟，此刻我们什么都不用说
周末的下午，我们走在环东路的柏油路上
周日的晚上，我们在东环路6号院的城楼下
两个相似的影子
两个孩子，在成长的路上
弟弟，当你成年
我们仍旧奔跑，在童年和老年的路上

沙滩笔记

从同心桥到浪漫剧场，不需一刻钟
我想你，也不需一刻钟
我赤脚，把沙粒踩到深陷
我诵读，在聚光灯交汇的片刻
我想拉着你，穿过喧嚣和宁静
在海岸耳鬓厮磨，让海里的明月
照见彼此相吸的人
我想遇见少年的你，暗送秋波
我想轻敲你的门，给你煮水
用海里的波涛，和电白镇的晚风
我想……
我想写一首关于你的诗
关于诗人的诗，关于浪漫和爱情
我写下椰林，蘸着海水
我写下母贝，松林，游船和渔民
我就是她们

我看见木麻黄摇曳……
现在，我饱含激情，我要
把内心的高原和丘陵读给你听
你听——
泉水沸腾，海风呼啸

明月里的岁月

我想起你，灵魂深处的羞涩里
两种不同的力相撞在一起
那有可能是我的反面
黑色的，滚圆形，无休无止地缠绕
也可能是我们错过了美妙的时辰
黄昏突然向后移动

我想起你，一个伟大的人
一个手夹烟蒂，喜欢在阳台前吸烟的人
现在两种相向的力撞在一起
像瓷器那样破碎
像星星那样逃逸
我想起你，让我一说起你的名字
就激动地撕扯明月里的岁月
就陷入疯狂的热爱里

他们歌唱时

我停下来，潮水蓄满耳朵，百鸟高飞
我指引幼小的蜻蜓飞出玻璃
我将手伸过云朵，感受洁白
他们歌唱时，带着金色的麦浪
一下下高出山峦
他们歌唱时的表情
地动山摇，这嗓音和情感
我知道他们歌唱时，无依无靠
当他们倚在秋风中歌唱，不知疲惫
一群老人在歌唱
他们歌唱时，嗓音上扬
他们无比热爱此时的样子

当我在湖边停下来，他们歌唱
银杏叶在地面上堆积它们的丰盛晚年

即便与诗人拥抱而居

这好看的锁骨
终于又出现了，镜子中
它步履蹒跚地来，大刀阔斧地铺展
我不能让它与写作者一样长久地孤独

请它入座
给它拿来小番茄、西蓝花、番薯叶
用牛油果蘸一蘸海盐黑胡椒
还有零卡路里的白水
供奉它
如果气力足够，再加五千米的慢跑

这好看的锁骨
也要给它配上好看的裙子
好看的鞋子
好看的配饰

好看的妆发
和好看的脸

它并不孤独，即便与诗人拥抱而居
它并不艰辛，无非是生活中少盐少碳

辑三　一个人的广州

金橘皇冠

我是一个小小的金橘
头戴皇冠，在众人中孑然而立

那个在日光的照耀下，赤裸，凝望——
小小的，散发清香气味的，是我

五月，广州

慢慢，温吞
含蓄中带着优雅的醉意
五月在野，晚霞孕育光明
五月的天空炸裂
铁树开花

诗人坐在水莲的芬芳中尖叫
小说家向空中抛虚弱的果子

五月的黄昏按住流水的湍急
澄净、内敛、精巧……
深度节制
我的苍鹭美若黎明，请撞击我打碎我
幽暗中，我唯一涌动的激情
在寂静的火苗前熊熊燃烧

如草木，如秋花

我想这样轻轻地，如草木
在风中摇曳出一点点黄
我想这样无人知晓，在湖边
垂钓，与孩子们共享
教堂的钟声
我想这样湛蓝，甚于
画布上的海水
我是这样不动声色
用牙齿反抗，用炽热的
唇迎接短暂和忏悔
我想这样安静地，如秋花
如邻居家的猫，瞌睡——

热爱生活

你一定热爱这些细小的
事物，比如针和种子
你也热爱阳台上的水仙和丁香
弥漫，在空气中
你热爱这些精灵，它们红的绿的眼睛
它们消逝的速度，如闪电
如我经过你时，列车驶过来
你热爱兰波、音乐，和冬天
漫长的黑夜，甚于热爱一个国度
此刻，你开始诵读，并告诉
周围的人，你不再恐惧
失意、落入深渊
你开始热爱拥有、绿色
植物，和诗歌

这般活着

我每天编书、写诗，按时站地铁
吃有毒的蔬菜，在一个人的小房间反省
在城里，我是这般活着

我这般爱着，叙述软弱和卑微
在透骨的风中描述一个人的走向
从怀里拿出刀子的那一刻
我反手给自己一巴掌

在城里，我这样强迫着自己
我想过来世，另一个星球
活着的人该以怎么样的方式生活
在每一个冬日的早晨，我用棉絮盖住身体
盖住体内的积雪和人间的喑哑

疼

为此，我吃掉更多的铁
更多坚硬的摧毁，和灭亡

为此，我忍受针穿过手指
钳子在口腔里的动乱

为此，我拿出全部的家当
连同身体里的盐水

为此，我戒掉奢望和幻想
在荒原上燃烧一把旧骨头

为此，我贫瘠的双肩降临灾难
玉养的锁骨装满人间的风雨

城西花园

在这里，我已慢跑五公里
养成了早睡早起的习惯

我还可以获得更多
比如，无尽的灯火和一个长久的未来

我抱住了春天

在春天我有传奇的身世
无可奉告的秘密

我擅长用花苞制作编钟
用泉水医治月光

用新柳搭建婚房
一只蜻蜓正从夕阳中归来

我体内的星河灿烂
晨曦、雨露和鸟鸣都十全十美

在渗雨的黄昏中
我抱住了春天

为了美

请出我内心的高原
请出我琥珀色的羞赧之心

为了美，我抱住持续盛开的石竹
一.
请出我灵魂里的微弱灯火
在暗处，为了美，我抱紧自己的影子
为了美，一个人从未如此卑微
不停地向人群致歉

为了美，我瘦弱的一生
在黑夜中长满萧瑟和寥落

我的心在火光中

一直走，到古老的盐碱之地
我有一袖口的烟云，在这里四散
满怀的春风，只因它过于强大
让我畏惧来时之路

我撤退，在阳光折线的洞穴
蜷缩的身子忽地变小
空虚的眼神正在游离
我审判真理
忍受消亡

一直走，伸出的五指撞击黑夜
撞向被折枝的树冠，我的心在火光中

我开始收集雨

我开始获得一种歌声
从某种不曾辨识的内容里
画像，古绢，雕刻器物，都将呈现荣光的一面
我开始沉思：白色的雾气
穿过雷霆的闪电
一支含苞的郁金香

我开始收集雨
以及被浸泡的有害思想

日子

我从未像这样走进一个人的内部
紫色小花开在喉咙里

我从未像这样用尺子丈量爱的深度
一道彩虹托举天空

我从未像这样吞下云和火
伤口在露水上发炎

我从未像这样拉住一只鹿
请它指出深林的走向

我从未像这样爱上山坡的宁静
仿佛我没有来过

罪证

我有罪
在菩提树下，我种下
一朵绝望的小花

我遗憾，我的人生空空荡荡
一些腐烂的果子，失败的言论
都将成为过期的铁
盖在我的头颅和安然之上

途中一瞥

我埋头，阳光从外面照进来
现在有三种辽阔的事物
一是，我胸腔里持续燃烧的火焰
二是，码头上跌入海中的黄昏
三是，夜空下无名的野花悄然绽放又凋零
人活至此，就会慢慢对手中的事物
更加从容，就像昨天
我从水荫路回来的路上，车水马龙
人们戴着口罩，大步小步
一些明亮的风在空中绝响
而我，一个人低着头穿过斑马线
只有将自己变得更渺小
才能在人世活得平凡且简洁

写生画

拿出画笔、颜料和涂布
把你的胡须、忧郁和蓝衬衫
统统画出来
然后，再画一把简陋的藤椅
一个石楠木烟斗
和一本做满批注的诗稿

还要画一束光，恰好穿过窗纱
落在你蹙紧的眉宇间
那里有山河的高傲，草木的翠色
也有天空的惊悸和流云的轻柔
好像这一切在无限地循环、彷徨和战栗

这些都会被我画出来
落笔时，一首曲子刚刚在墨中奏响

清晨有喜

我拾捡这些嘹亮的字
它们歌唱着在玻璃上行走
在一片闪烁的河流上
沿着玻璃的反光
虚构诚实

我整理这些嘹亮的字
它们娇嗔、打滚
宛如一个孩子，歪着脑袋，吐出长长的舌头

致而立之年

致细纹、目光、胸怀、幼稚，和正在
发育的好脾气，致白衬衫的
汗渍和一场马拉松赛事
致虚构的火焰和眉间紧锁
也致我内心的菩提

一杯白水，致我门前的小树
一粒稻米，致我咽下的烟火
一双手，致我放下的繁华

我要致奔波的脚步，正赶赴
下一场角逐，致我拥有的恩典
呼吸、雨露和敏感的唇

在而立之年到来时，我想站在
无边的蓝之上，致我的故土
泥沼里的生命，生命里的白昼和黑夜
致我经历的人世
致我从容的微笑

小小如我

我怀疑过我，人世中小小的我
小小的个性，小小的心愿
小小的身形
我的每一寸肌肤都小小的
灵魂也小小的
面对世间的大，我无能为力
我低下头，自顾自地悲欢
我确定，天无一日晴
小小如我
像风中的一粒，海中的一粟
像秋天的落叶
岁月无尘

务必沉默

我实在想不出更好的表达
一个句子被反复捶打
被贬损
一个词被分解成零碎的骨头
我还是没有长出菌斑

我能表达的所剩无几
沉默是自保
让这些枯枝、败叶、干巴的泥土
变得敏感、笨拙

保持长久的沉默
这让我在喧嚣中获得安宁
让我时刻保持洁净

前程

如此美着，如此想着
桔梗花开到了我心上
无数个独舞的黄昏和长夜
我唯一想做的事：牵着你的手
路过一座村庄，听烈马奔腾时踢踏的蹄音

想起你唯一想做的事
和我唯一想做的事：把麋鹿驱向深林
把山中的露水、风声和一场午后的雨
都请进来，为你
为我点燃一盏忽明忽暗的灯
照着前路漫漫
照着我们潜心赶赴的枯瘦黎明

倾听

就这样

放下手中的刀，拾起胸前的锤

猛烈锤击，一下，两下……

向我心中脆弱的地方

比如我的爱

我的尊严

我洁净的身体承受暴力

就这样平静地

舒展自己的生活

无论哪个方向，都可以安宁

都可以一个人站在灯火前

忍受黑暗带来的巨大浩瀚

活着

我每日写诗，日子往下落
一个人忏悔，等待惨痛的结局
从此生活就有了深意

每日往返于山水间，把石子抛给天空
河床的更深处有我种下的芦苇
浩浩荡荡的烈火雄心

我每日写诗，句子里装满
人世的风雨
是什么在容忍稻谷的良莠不齐

是什么在救赎人类
我每日写诗，在诗歌中问责
在诗歌中修正自我

二〇一九年，秋，天气多云

深山归来，我需要重新整理
自己体内的杂质

静水深流，我需要重新栽种
自己心尖上的玫瑰，我需要重新爱上秋日的彩云

这一切都是美的，我需要枕石漱口
梳理疲惫的歌声和颤抖的干树叶

明月挂在屋檐，鸽子宁静
我需要站在麦子的哭泣中

我需要立于漆黑的大地之上
俯瞰心底的波澜和烈焰

七月，音信全无

七月抱着海水恸哭
七月，草木多疑，雨水热烈
沉静的影子在光斑中闪动

我的绿色小火车，在铁轨上
驶过拥挤的路面
七月抱着晨露恸哭
七月，所有的爱变得虚弱而柔软

七月，我练习逃生
无数的泪水学习沉寂和死亡
七月抱着闪电恸哭
在疯狂的悲悯里，在我滚烫的褶皱里

反省

比如我放弃了虚妄的美
幻想和焦灼
多数时候，我选择一个人坐着
对着暴雨的夜空
和一阵热烈的掌声

我把自己放在泥淖中
让自己绝望、破败、腐烂

枯叶突然在暴雨中
获得新生，整齐地看向黎明
而我拿出生命中璀璨的部分奉给天地

雨中

我在雨中清洗自己
一把坚硬的骨头

我打开体内的门窗
走出去
在一棵树面前，捡拾它的果子
像捡拾一个湿漉漉的自己

在惊慌中，我踩住地面的枝丫
像踩住自己的灵魂
柔软、孤独，猛烈地抓住内部的囊

傍晚写作

我开始阅读、写作
风吹来霞光，河流送来月色
松枝与土拨鼠在原野上
我在屋檐下虚构
人类的命运

餐桌上，只有一盘水果
在蠢蠢欲动

致生活

我绝望
我兴奋
我对人世充满激情
生活的雨水灌溉我，也冲刷我
一段冷静的陈词使我体内的风帆向下启航

我敬生活的冷艳、黑暗和无力
也敬它四肢上生长的褐色苦果
漫长的黑夜给我认知
一次无休止的燃烧让我抱紧四散的灯火

致生活
致在低处和高处的生活
致我的未来，漫长的夏天，小提琴的午夜
无数次的悲欢让我的人生
如此平静，如此沉稳
我如此就迈进了生活的底部

二月生霜

拿去吧，都给你——我人生的姹紫嫣红
我命运里的劫难和侘寂
此时，两手空空，身体轻盈，只需躺下
我的胃、舌和思想返回原点
我这样长久地站立，背靠石壁
对行人表达悔意

我一个人沿着先人走过的沟渠
待二月生霜，就用落叶将自己掩埋

一个人站在荒原上

一个人站在荒原上
用目光追赶黑鹰，用双手托举月光
用颤抖的灵魂接住人类的指责
一个人突然地停下来，走向无边的寂静
越走越卑微，越走越沉迷
我想起书中的人
我们都是为了获得辽阔的惊喜
而手持灯盏，赤足向上

逃离

加速逃离一只晃动的骰子
从烈火的灰烬中逃到秋日的芦苇里
身后的大水漫过来，霜打下来
一群野兽生猛地奔跑

从一堆小事中逃到绝望的尘埃里
逃到云梯的深处，我们有纵海身亡的勇气
逃——
逃出寨子和前世
他们并不知道：

终有一天，我们会在烈火中重生
会在逃逸的流水中传颂真经

在人间

我在人间受伤了，整个世界跟我

一起接受阿司匹林的治疗

我在人间受伤了

整个世界跟我一起休克在山丘和沼泽

这些药片被灌进我的五脏六腑

和世界的疮痍之地

这些针管对准我的真知灼见

对准我灵魂里最小的细胞

整个世界跟我一起受伤了

受伤了，就地动山摇

受伤了，就黯然神伤

受伤了，就谁也不认识谁

受伤了，整个世界跟我一起受伤

我们重新走过荒野和孤寂

没有人能治愈结痂的枝叶

没有人能原谅苦难的吟哦

低头

低于河流、青山、大地

低于檐下的飞燕

低于池塘里盛开的荷花，抑或

低于莲蓬的高度

有时，我低头就能看见生活里的波澜

林木让出了春天

有时，我低头，想让田野长出稻穗，脚印再深一些

我走过去，可看见临盆的狐狸

有时，我只是想走得稳一点

我低头，哪里都是秩序，雨露、深林、鹿群、高原

我都没有

我低头，低于尘埃，低于内心的山地

生活素描

我一直想要这样的生活
云在檐上，水在远方
豌豆苗在园中应允一场大雨
而远方，有一簇簇的小花竞相盛开

我正荷锄而归，露水沾满衣襟
溪流的合唱戛然而止
此刻将有短暂的蛙鸣
将有一个诗人因为长久的等待
而向风中的麦穗深深地鞠躬

下午六点写诗

我惭愧心中的饥荒从手指中淌出
沸水在锅里一簇簇地翻滚
在阳台上不断盛开的三角梅已迈进晚年
此刻，夕晖落在窗纱上
继而向流云低飞的后方撤退

尽管我用力地敲它们、推它们、拉它们
给予杯中全部的水和养料
它们始终无动于衷
犹如我心中的冷漠，充满悔意，却岿然不动

释然后狂喜

关于我在梦中遇见的一切
逐渐消失的一切
我获得过大海的蓝
也有了火焰的狂喜

斜阳西落时，我目睹不合时宜的一切
三餐素食，四季极简，时刻拒绝仙露的恩泽
我曾追逐的赤焰锻铸的兽塔
在晚祷中拥有非凡和永恒

在二〇二三年，我开始接受平淡中
必然的撞击与波澜

辑四　万物丛生

山骨

春云蕴瑞的时候，我是它
壮丽的有序的辞藻，缀于辽阔的春花之上
无休止的修辞，在有限的命运中循环
循环吧——
沉默的春天和亡灵
葬在马里亚纳海沟的波涛
葬在克里特岛上的抗争与冒险

循环吧——
我的同胞，我的祖国
山骨与岚烟蔓延在歌声中
向东方伸展
我是它
晚祷的少女，赤裸于人间的烟波之上

浩浩荡荡的晨昏流泻在苹果园里

溪流淹没最后的想象
是时候了
它可以古老斑驳
但不能放纵夜莺整夜的不归
它不能像我
成为爆竹和火苗的结合点

最后，它必然抖动羽毛
阻拦我身上不合时宜的撞击与损毁

无果之秋

从骨中来，从鳞片中来
提着高山和流水

从古代的腥气中来
去翻悔，去顿然
去打望无果的秋
和野兽的仓皇出逃

翠竹和风声说来就来
在灯火明亮的夜晚
只有流亡者在宽恕，在忏悔

如有黎明初生
我将从傲慢中来，给予你
春华、光晔和白蘋之香
以及一种颤抖中迟疑的愤怒

致歉

向你们致歉
油画中赤身裸体的婴儿
在火车站与丈夫争吵的女人
以及因长途跋涉在车厢中酣睡的人

向所有人道歉
因为我的自私、胆小和善变
向万物道歉
因为我的软弱、无知和可恶

向你们道歉
我亲爱的人
我亲爱的水杯、面包、牛油果……
我亲爱的床、拉力带、金镯子，包括我亲爱的愚蠢

向你们道歉

人间、菩萨和爱

因为世上的卑微与无助

我陷入了无限循环的悲悯和致歉中

野果

拿什么拯救你——
小野果，小玫瑰，葡萄庄园里最小的美
那些摇曳中的罪过
苛责过的丰盛的汁液
用最轻的
哪怕秋日下紫红的枣子，一颗熟透的蚌目
扑棱棱地落在水中
大洋彼岸，彼时天地安宁
祖国的盛京，彼时万物安详
平静的小庄园里一颗饱满的果子
我要吻你长长的绒毛，如同我的未来
你坚硬的果核里藏着朴素的真理

碎铁屑

摧毁我命运里的波涛和星月
让我立于饥荒的四野
骤雨初歇，我原谅了这暴力之物
附着于灵魂之上的碎铁屑

废弃的铁钉

爱吧！用一根小小的汤匙
装满苍劲的风，和我
在夜晚的歆羡
一阵小小的颤抖

明日黄昏，我将用足够的海水
抵达你内心的波涛
越来越澎湃
新月突然有了枯枝的悔意

爱吧！这瘦弱的平静灯盏
犹如在篱笆墙外
我将高声诵读一根废弃的铁钉
是什么让它在暗处保持庄严的呼啸

在风中颤抖

不是别的
我在深夜敲击的诗行
有寂静、沉思
以及人们沉睡时孤独的掌声

完美在空格间转换
不是别的
每当我敞开空落落的身体

洁白的召唤
总在风中颤抖

春天的火舌

我们沉默
在春天的火舌到来之前
我们静候人世的安宁
做着简陋的事情，如同野蛮人
在河边垂钓

我们信誓旦旦
将渚清沙白奉给苍茫和未知
奉给遥远的古代
那星辰璀璨
那战马嘶鸣

那无数烽火将穿过我们的爱
来到闪电的瞬息里
生长、消亡——
承受命运的炙烤
滴水石穿

沉寂的枝叶

那些认真的雪
那些被掩在心中的羞愧

当我坐在庭院中，它们
来到我的眉宇、体内
和骨间

我热爱又热爱
我欢喜又欢喜

我不停地交换心中的暗号
垂涎的八尺高墙挂着古代的黎明
和一个战栗的黄昏

我记得那些被摧毁
等待消亡的沉寂的枝叶

它们被深埋在地下
永远拒绝光
和白日

炉火

我喜爱炉火旺盛的声音
比如现在，木炭在灶膛里燃烧
煤火在铁炉里燃烧
一颗火辣辣的心在雪地里燃烧
它们一边燃烧，一边整理着衣冠

红宝石

我漫无目的地燃烧
以拒绝的形态
以你紫色的灵魂的反光
照我的懦弱和惊慌
我承认，在某个时刻
我缺少瘢痕，以及被烧灼的红宝石

藤蔓

至少是六月， 我像藤蔓一样
弯曲、缠绕，然后攀缘——
像茑萝，柔软、纤秀
像络石、凌霄、蔷薇、木香
垂吊生长
然后匍匐、蔓延，露出缺陷
有大片的绿
应是这样，像这些植物一样
绿——
自生——
缠绕一切可攀附的事物
比如：葡萄架、荔枝树、一根稻草
或者水中摇曳的影子
涟漪中闪亮的光斑

小房子

以我的泪水，全部心跳
以我在草原的奔走足迹
以黑夜给予我的宁静和深思

筑造的小房子
装满我在人世的浮沉

它无须见证什么
它只要那样安静地
看着我在人前进进出出

窗外

窗外有低沉的阴云，干瘪的枝干
一场立春后的皑皑白雪
包围牧场的低音

窗外有什么？寂静中的寂静
镐头劈开残冰和木桩
铡草机呼啸

窗外有瓦片掉落，有铁桶在翻滚
裂冰再次缝合伤口
太阳落在西山，敲击着什么

窗外有什么？无非是牧场铺上了白毯
无非是我伸出手，抓住的祥和
和一把空缺

芭蕉庄园

在心中种一片芭蕉
再建造一个小岛
搬来很多树、果子和繁花
动用一个人一生的爱
站在星空下，饮着潮汐和浪花

礁石撞击出大海的高潮
在心中开疆拓土，移植月色
去占领星群和渔船的灯火
用一个人一生的力量和激情
去填补心中的沟壑

在心中种一片芭蕉
落雨时，就在树下挖酒
在内心搭建一个火炉
燃烧苦涩的皮囊

金沙洲

日子慢慢地静下来
落在楼下的石凳上，落在雨后的
枝叶上，落在金沙洲的
楼群和黄昏里

在晴空丽日下
在斑驳的倒影从水中流过的日子中
我们深深地凝望

时间的反光
和从珠江河面传来的惊喜

空地

身体里的一小块空地
用来种桑葚和胡麻，再腾出
一小块空地，用来抚一把秀丽的琴
每个黄昏，你轻拢慢捻抹复挑
阅金经，芙蓉水上
涟漪便从湖中深处来

此时山中，水中，大石中
流水从天上来
莲花盛开
身体里的一小块空地
有一片桑麻，在持续地燃烧

他物

为这短暂的相逢，你将炉火、枯枝、残月
和你一生挚爱的滩涂和海浪堆于胸前
你用松花酿酒，春水煎茶
以此用尽人世的离况
为这短暂的月明星稀，你周而复始
将平原、远山、逼仄的流水
放于身旁，你喜欢的姑娘
你钟情的人间事，纷纷下坠的雪花
陆地、沼泽和来不及掩饰的泪水
都因你而来
为了这短暂的相逢，你在天地间回旋
像在秋风中奔波的落叶
像突然坠地却无人捡拾的白果

秋日薄暮

秋日悄悄来临
我在房中洗碟，拖地，整理旧衣物
瑜伽垫避开一天的辛劳
水壶里灌满青柠檬
玉蝴蝶在屏幕上飞来飞去
我开始写诗——这平静的秋日
已悄悄来到我的生活

薄暮摇摇晃晃
我开始写诗里的故事
文档上落满晚霞
一寸寸发抖，一节节生长
一点点挪动前方的道路

关于爱，我已用尽气力

众生中，我不过是秋日里
安详的稻草，长在河畔之滨
我不过是花房中暂别的香气
浮于任人群的倒影之上

站立的雀鸟

有时，它只是站立
伸出尖尖的喙
绝不触碰身体里的伤

有时，它只是站立
头颅弯曲

它只是站立
目睹桉树的气息绕过屋宇

壁画

我爱着你的古代和现代
也爱着你体内破碎的核
以及无法修补的明亮

天高地阔，时光远逝
我必然是在高处爱着你
空空的灵魂

为你，为这画中的鲜红
我的肉体被一小团火包围

船手与岛屿

我攥紧的拳头中有光
我敞开的怀中有黎明前的日出
有水，有海浪，还有层林

我知道这些并不重要
你已经笃信：船帆
已在归程

我们的海员将从明天起
来到你全部的诗行中
航行、捕捞

在无尽的夜晚
在我们彼此惙伤的时刻

采莲之歌

去做一个仗剑走天涯的人
芒鞋、马匹和一壶烈酒
倚山川的方翠，饮星河的光芒
在高原的脊背上鞠躬，向着人群和灯火
在栗色的马背上仰望，这大片的星汉灿烂

然后，继续——
向着潭中之水，林中之木
以及有老人和孩子的村中小路

有时，停下来
对着寺庙里的菩萨祈祷
有时枯坐在石块上，大喊一声
族人就从群山中走来

瘦弱花枝

当我们爱上危险的植物
一阵漏风的雨洒进来

只有这样
阳光斜斜地照在破旧的卡车上
一个人拉着皮箱在大海上看雪或捞月
我们搬一颗星星坐下来

在钟声中沉默
在祈祷中沉默
在钉子被敲进石头时沉默
我们互不迁就，互不垂怜于瘦弱的花枝

小调

最小的恩泽，请拾取寂静的叶片
立于针尖，请给予我脆弱
或突然一惊的狂喜

茅草飞旋，藏匿秋霞
只有青桐和秋蝉在风中无用地抒情

我站在月光的袖口里
灰椋鸟站在我内心的丘陵上
为了避免相逢，我们各自
拒绝金色的麦穗

最小的恩泽，天地给予我的甘露
晨钟里抖落的火红花蕊

显露的山水

隐藏起该隐藏的

不能探头探脑，不能有任何的声响

隐藏起无休止的峥嵘

在一个即将到来的夏天

全都隐藏起来

这些枯萎的枝叶，这些干涸的河流

这些沿街行走的骆驼

这些被放归草原的云青马

隐藏起来——我们的羞愧和艰辛

在草原的星空之下，我们都要隐藏起来

草木的呼吸，云朵的忏悔，还有静默的支流

它们再次回到冬日的寒冷里

十二月的冰霜覆盖呜咽的草丛

隐藏起来，我们的萍水相逢

一枕秋风

一树海棠，一枕秋风
隔着唐朝的星辉
来到我的梦中

它们怀揣人间的灯火和秋阳
照见我体内的斑驳
它们吹着北极的昼夜
准备每一条支流的奔突

天地辽阔，我正扬眉、起跳、夜行
我全部的英勇
都在它们消失的刹那
那辽远、壮阔……
我从未目睹过那样的璀璨和明媚

小狐狸

我奔跑，把歉意留给你
落在肩上的雨珠留给你
还有什么，这些汗水
正在与你的，一起蒸发
我看见池里的金鱼，游向你
顺便，把我头顶的月亮降给你
如果这些星星足够闪烁，我会摘给你
我把一切都给你，左边的梨花
右边的庭院
如果你喜爱这村落，送给你
种上春夏秋冬，还有小节气
门前流水，也能向西流
我奔跑，三步一回头
我看见小狐狸，望着你
这可爱的生灵，它多像我
奔跑，然后望着你

这般红

黄昏落下去，半个月亮爬上来
我喜欢上了你一次方的红
半杯水里的红，你在科尔沁草原
若隐若现的红
我们说起你的这般红
没有姓氏，也没有重量
我就是喜欢这般红——
在春风里歌唱的红，在雨水里
奔跑的红。我喜欢你的这般红
水滴的模样——
娇小、瘦弱，落地成冰
不说别的，这红莲的红，落日的红
这般红，就站在月光下
我喜欢上了你，新年般的红

落下的事物

落下来的还有神的事物
落下来的疯癫，落下来的忏悔
一点点落下来的音讯
被堆砌的枝繁叶茂也从书页里落下来
我拳头紧握的空白，在紧张中落下来
我，落下来——

树上红的紫的蓝的，金色的落下来
咒语落下来
深渊中避难的蚁穴和蛇洞落下来
千万只蜜蜂飞过头顶，一声尖叫落下来
我呵出的谦卑与荣耀，在驰骋
在西北的大漠中落下来
我体内生长的光线，落下来——
我抱住的一把虚荣，落下来——

蔓草少于桑葚的清晨

它让你拥有长久的歌声
也让你在流水中保持庄严
和夏日的慵懒姿态

它让你的体内升起雾气
让你过于蓝
过于接近大洋的潮汐

它因为突然亲密，欢喜——
让你忘了你
在蔓草少于桑葚的清晨，时间太辽阔

以致露水太轻
阳光太长
它的爱太多

抱守平静的夜色

无法描述一个人的撕心裂肺
无法澄清众多人的谎言
我只能站着，和自己的影子
再绕过黄麻树，在半山坡迎风而上

无法想象十二月的冰霜笼罩原野
漫长的冬日充满氤氲的暧昧
此时的天空平静
月光将成为破碎的水银

我不需要湖水，去浇灌干枯的大地
我只需继续站着，和满山的流水
在野兽出没的草原
和它们一起走过林场的围栏

持灯走过万家街巷

做一叶扁舟，持灯走过万家街巷
和遥远冬日的海鸥岛

做一棵安静的合欢树，遇雨而泣
在北方秋日的旷野茕茕孑立

做北冰洋的雪
千年来，附着于冰面之上

做一只芦莺，飞往内蒙古的荒芜之地
去认寻亲人的故土

做一个手摘星辰的人
走在哪里，都是广袤和璀璨

银桦树之末

在孤寂的银桦树之末，稻谷寂然，远山贫瘠
脚下的河流淌在最后的道路

那时，只有胸襟是开阔的
只有星空是明亮的

在广州的第十年，我还有未完成的事
这可能是一首诗
一颗坠果
在银桦树之末，也可能是
某次戛然而止的行走

黄昏降临前的星期六

蓬乱，羞涩，在橘子中掺杂锈气
恍惚，隐忍，畏惧竹木的敲击声

黄昏里，皂角树的惊喜多过蒲桃的冷漠
阿米亥的诗行犹如王寅的灰灯光
落在轻型纸的斜坡上

这似乎在提醒我
在白蜡色夜晚中奔行的人们
已回到古老的修辞里
他们将会动用胸腔的浩瀚
向朝阳直射的方向不断地诉说

冬日雪

一场清雪终于落下了。我关好门窗，挂上门帘
炭火在铁炉内轰隆隆地燃烧，好像这样
我们就不会冷
好像这样，被我抱进屋内的小牛就会停止发抖
好像这样，清雪就会在冬日的罅隙中
保持寂静和优美

车辙碾过的清雪
群羊踩过的清雪
石凳上被风吹薄的清雪
我们用扫把轻轻地扫，用簸箕慢慢地装
把它们堆积在一起，这一下午
我都在做一样的事
把它们悄悄装进岁月的衣袖

辑五　白山黑水

族的胎记

雪压白山，在东北山林中，有人挖参
有人埋伏在深草间，扎枪、猎叉
和弓箭斜挎在腰间。有人捕获
獐狍、病重的野鹿和一些喜寒的飞禽
有人将鹿茸捆在木桩上，猎狗
在雪地上撕咬着黎明
猎人祈福着，有人在山林中负伤归来

差徭与城堡，墩台与战火，在浑河山区
善射的人在马背上挥斥方遒
有人马革裹尸，有人一路亲征
有人率军攻打漠南和朝鲜
只有岳托病逝于山东途中
只有扬古利在天聪八年帽顶嵌珠
骑射使一个民族走向辽河平原

有人炒铁，在火焰中炙烤黑夜的星光
有人行走在白山黑水，告慰先逝的亲族
神圣的稗草，悄然的𫯉音
被烈火和炽热的炉烧灼的铁皮
族人在历史的道子口伸出颤抖的手
有人深耕陇亩、制造武器
有人在满文字的创制中跋山涉水，开拓江河

鹰猎：海东青

四百年前，人类依然拉鹰、驯鹰、放鹰……
——满族人的图腾
——一种神秘的鸷鸟
——一种从大海之东飞来的青色之鹰
——一种凶猛、矫健，充满野性
在北国羽族中被神选中的子民
四百年前，草原上空旷无垠，宁古塔之东
海东青世代繁衍
在雪域平原上，海东青立于马背
站在黄昏的夕阳里
站在无数个渔楼村民弯腰时的脊背上
鹰在一段长长的历史河流中
被驯化，被点名
当乌苏里江流域漫天飞雪，鹰站在
驯鹰人的眼中
从黑山绕过云层，飞入白水

呼兰河畔的傍晚

天地寂静，春光落在河面
一切都变得秩序井然
黄昏、牧场、小路，以及我内心的
浩瀚之音，它们在呼兰河的弯曲中
露出整齐的牙齿，像皓月，像北斗七星
像某月某日，回到了古代的石壁上
微风吹着你，和我。和时光深处的不治之症
和河畔上骤然生长的垂榆
夜幕挂在天际，你，和我，和汩汩流水
在夕阳中比肩而居，拥抱而眠

未来的某个清晨

露珠缀满花楸，雾凇挂满云杉
天空、大地和人群都在黎明中苏醒过来
炊烟在白云中飘
雀鸟也是

在东北平原
未来的某个清晨，你走在白山的松枝中
拾捡浩瀚的雪和四野的回音

在未来的某个清晨
你采摘栗色的蹄印，先人叩拜神灵

致祖先

雨落，在一首诗中读出祖先的高音
如同他们平仄的一生。在起伏的山岗和丛林中
攥紧手中的刀斧
风起，在一首诗中读出祖先的低音
如同他们在此时，严寒中
抒顺整齐的火苗

他们接受积雪的照耀
也顺从寒潮的摧毁

难过

我为鹰的突然坠落而难过
我为风的暴戾而难过
我为长白山上负伤的母鹿而难过
我为村落的枯槁而难过
我为晨光中正在接受消融的雪而难过

我也为自己难过
长久以来，我从未获得先人的锋芒与理想

满家寨

突然拥有长久的凛冬
那是猎鹰飞过雪域，冰河呈现的弧度和腔调

那是丹东的河水流经这里
山神、三百年的清幽和碧水
在静谧中赤足移动

那是萨满的曲艺，在我们的心中
持久地空旷、远阔……
继而越过腹部的丘陵和险滩

那热闹的、安详的、在河流的奔突中
发出哀鸣的，一定是古老的路基
重新被先人修建

我们的瓯灯舞

八角鼓响起，而后是这些姓氏、祖籍和方言
这些疾病、惆伤和道德，在时间的
凝视之下露出沧桑，以及凝滞的目光

先人跳着瓯灯舞，在北方的白山黑水
在京城的四合院
在夜幕降临的篝火前

灯火明艳——
族人在鼎沸声中勾画着
历史的年轮与进程

他们跳着，欢呼着
过往从未忘记轻盈的舞步
人群穿梭其中，勾画山水的勃勃生机

颁金节

八百年前，先世以骨雕和鹿角制
图腾，以石器做渔具和斧凿
在兴凯湖有先世的茅屋
和最原始的炊烟
他们在山中、岸边逐水草而居
他们有静谧的渔猎生活
和瓦蓝的晴空
他们的木炭燃烧，火苗
穿过千年的寒冬

农历十月十三日，一个被族人熟知的
节日，歌舞、聚会和人群围绕着它
祭拜和信仰围绕着它
一条河流的上游聚集着一个民族
一种语言……
没有疾病、冲突和偏见

在纸张上进行一次朝贡，在东北的白山中
探寻颁金节的溯源：一路走过渤海国
和大金王朝，向着东夏的开元城
这些显赫而铿锵的跫音
在神州的千秋中，日复一日地回荡

安

祝我平安
祝我在朝霞的璀璨中获得安宁
祝我日日夜夜安然无恙
祝我在地球的子宫中安全出生

松花江流域的安佳氏和那拉氏
我最遥远的先人

是什么让我想起王朝的兴衰
是什么让我返回一个民族
内部的葳蕤和热烈
是血液
是血液沸腾时我不住地回望远古的
铿锵，和索龙杆的矗立

夜无风，月上梢
祝我此生长命百岁

祝我心中的王朝溢满光辉
祝我手中的历史，安详如死者
让后人一遍遍抚顺它栗色的皮毛

补绣

榴开百子
葫芦盘长
一个满族人坐在白山的中间
看祖先的几代星辰
在燃烧中，在鱼戏莲的律动中
想象在单音节上的取舍
拨花或攒活，开纱或匀针
八角鼓的钹声从折唱中传出

夜坐的新娘
刺绣的嫁妆
这些福禄、禧寿、富贵、八宝
在历代的辉煌中，承受了凋敝和消亡

悠车谣

我们被神话吸引，梅花鹿跑向深林
我们相信萨满先知的指点
一个相见恨晚的人
一个一见钟情的人
我们相信长白山浴池的故事
用树皮和枝叶
用铁环、皮绳和车钩做成悠车
我们把悠车挂在房梁，是的——
房梁或野外的高枝，我们在山中打猎
摇晃着悠车，当婴儿啼哭
我们要让婴儿沉睡，当睡枕装满米粒
红漆涂在桦木上，在远古，在旧社会
在祖先的家规家训里
在童年，我们时常被亲人挂在悠车中
一种突如其来的爱
在悠车里无比滚烫

舞

今夜跳舞，牵着月亮的衣角
踩着河流的音节，在整齐的木桩上
马头琴在草垛间响彻
秋草竖起疲惫的耳朵
风声木刻未来，我们今夜跳舞
在宁古塔七色的倒影里
沿着先人的小路，步履蹒跚
山谷涤荡跫音，我们的身躯浸染过痨疾

今夜跳舞：萨满舞、秧歌舞、腰铃舞⋯
神在佛龛前，我们曾把它们
一一抱在怀中，我们曾在火焰前
搬来明月和林木
练习在十万兵马中紧急撤退

清音会

古人的乐器在清音会上
扬琴、花腔鼓、双清和匙琴在席间响起
我们只是在星辰下坐着
在热河的大地上，将盔甲、弓箭和鞍辔
置于栅壕之上

我们走过去
挪走古代的晚霞和月光
让我们流连的，是八旗的瓯灯舞
是营帐前的骁骑校
是我们的先人又一次跪在白山黑水前

铜鹰又在春天飞回北方
天空之下，一种旷日持久的击节之音
来到我们的身前，来到黎明的前方
暗语，不舍昼夜——

赶车人

太平车在去往高丽的路上
车辙、关卡和凤凰城的水域
五倍子和苦楝根，皮骨角和鱼物
千余驮被进贡和谢恩的物事都在路上
赶车人在崇山峻岭中"三里额房
五里柳河子，八里马蹄岭……"[①]
那些被碾过的泥土和石子
那些被折断的枯枝
那些厚厚的积雪在山前林立
那些短暂而蛮横的力气在贸易的往来中
赶车人蜷缩着身体，在寒风中
显露紫色的脸，攥紧的手
一双双挂霜的眼盯住前方的走向
当赶车人光头恻寒，雇主心生怜意
以貂皮相赠，馈饭

---

① 引自张佳生著的《满族文化史》，辽宁民族出版社。

194

在漫长的雇车生涯中，赶车人
从白山黑水走到京城，走向朝鲜……
他们在清朝的山水间穿行
在族人的车辙中碾出沉色的印痕

读纳兰性德

赏词在阳光照进来的时刻
纨绔子弟多生的时代。是谁在八旗豪门中
一鸣惊人。是谁过目不忘，带刀护驾
又是谁生于名门望族，渌水亭谈诗结拜

康熙十五年，你已武官三品
是你的词有顽艳和隽秀的美
是卢雨蝉的婉娈让你沉痛，是死亡
是亡妻令你卧榻
你是清词的三分之一
是千古绝唱
是名满天下的一等侍卫

当王公贵胄醉于侯门深海
当权势和宫廷醉于清朝的喧哗
众人皆醉，唯你在玉案前悼亡

陷入无限的痛苦——

你在宫廷高墙中吟哦一阕阕词

葬花天气，"人生若只如初见……"①

（"一生一代一双人……"）②

五月三十日的天空有脆裂之响

---

①　引自清朝词人纳兰性德的《木壮花·拟古决绝词柬友》。

②　引自清朝词人纳兰性德的《画堂春·一生一代一双人》。

赫图阿拉城

在历史的岔子口行进
急切、生动地建立后金
十二月的最后一天，雪盖满老城村
在草屋、庙檐和木柴堆积的山岗上

她们目睹空旷、隆重的过往
一些关于石头的刻痕，关于乌鸦的记忆
关于在无边的荒原上凝望的黄狗
烟云和铁蹄，城池和汗宫
一个被托举的朝代

九十三名格格的晚清生活
在冬日的宫殿上，雪上加霜
仆人任性地砍柴、烧柴
把灶膛填得旺盛

她们在点将台、校场、堂子
在老街，逛十里闹市
疲惫和远嫁的口谕紧随其后

怀念古人

我像古人那样生活
要去江边垂钓，要去鹰的苍穹
和猛兽的丛林

要捕捞星星的影子和丽日的旨趣
要去古人的落日湖边
跟他们一起整理秋日的荒凉

我们一起迈进岁月的高山和草甸
去满族人的梓里，去远古的部落
——缅怀，问寻

去想象族人的欢腾和出征前
战栗的夜晚，以及
一个又一个在灯火闪烁中的亲吻与离别

乌拉锅

在逝去的三百年中，谁也没有忘
松花江上的船只，一排进贡的车队
乌拉火锅再次被皇家御用
额娘、阿玛、格格和贝勒
围桌而坐，富察氏的打牲乌拉城
——烟囱连着炭火
贾家的锅子，街上的雾凇，康熙唯一
热爱的铜锅，在人群的喧嚣中
在杯碟碰撞的声响中，谁也不会忘
将五花肉和酸菜放入沸水
谁又会忘记——
东北平原上辽阔的苍穹和古人的真传

塔斯哈①

风雪覆盖苍穹的战栗
广袤雕琢内心的荒芜
一场短暂的雪，不倦地寻找塔斯哈
在深山纵横的腹地

当它纵越出洞穴
我知道，春天降临在一小段未来里

---

① 塔斯哈：满语，指虎。

莫库尼[1]

在一场演奏中，他们叫它
空康吉、卡水、悲琴或巴特弄

它们的音节、锈迹和斑驳
在古老的钳形弹壳中
铺展出山河的心事

在草原上，族人拨弄叶子
此时的音高在唇齿间，如同我们的路途
弯曲、起伏，充满闪电
充满雪

---

[1] 莫库尼：满族乐器，指口弦琴。

年息花

官民岁时聚会作乐，善歌舞者，数辈前行，士女相
随，更相唱和。

——《渤海国记》

先人在山中撅年息花枝
在爆竹声中，走过枯槁和冷峻
鸟雀安然，群山深眠
村南的月亮如同慈祥的老者
目睹先人的善事

年息花开在瓶中四壁
开在先人的灵魂中
一切关于美的事物都会到来
一池年息花在盛放时踽踽独行
好比无数个熟悉的人
在奔赴的途中，沉吟未决

辑六　其他

给我

给我水
给我灵感
给我修建一座房子
没有春天的池塘

给我灵魂
爱
和野兽般的命运

给我——
比夜，还要辽阔的生命

献词

这杯必将举过我们的头颅
敬宁静，永恒，璀璨，一种洁净
和体内的辽阔

敬尘埃中的短暂和永恒
马蹄踏过月光
我尝试用哭泣
赞美你歌声中涌动的惊喜

我尝试在暴风骤雨中
拾取翠绿的影子
和一个干瘪的自己
献给你，和你的人民

请

把自己打开，放春风进来
放蔷薇进来，放鸟鸣和清明的雨水进来
别拦着它们
别打断它们

今日，我是空的
须放它们进来，填补我在人间端坐时
月亮的须臾和身体的寂然

请——
被我吸引的人进来，为我晚祷

等待

我轻轻地行走、喘息、热爱
轻轻地捧着一颗燃烧的沸腾的心献给另一个人
轻轻地攀岩、跑酷
路过峡谷中陌生的人群，就轻轻地回头

我轻轻地拉住枝叶的影子
晃动出水珠和光线
在十二月，我轻轻地抖动怀中的酸涩
寻找着一个中年人的孤寂与祥和

我轻轻地欢喜
等待命运的钦点

至少

至少我们还在山中
还可以把阳台的水仙搬进书房

至少我们还允许爱
还允许保持悲悯之心，甚于淙淙泉水

至少我们还能奔行
于山川湖海，去告慰逝去的祖先

至少我们还可以后撤
把星辰奉给大海，把苍穹奉给人间

至少我们已陷入非凡的想象——
抱紧北方的冬天，在漫长的告别中重生

寂静空间

在你们无话可说的时候
就倒杯水，煮泡茶，剥一个橙子

听风声靠近，看太阳西落
两个相爱的人紧紧相拥

心跳——
在加快

那一瞬，你们开始原谅，互为彼此
如此生动

诸神提灯

我热爱，且拥有，无数闪亮的花冠
水晶瓶在空中旋转，翠绿的影子
被藏族人扬起的经幡，握紧的转经筒
在烈日下与卓玛相识
在高原上，蓝天拥着白云
风贴着大地，古书上的美人细读群星
我热爱，且拥有，空旷无边和一望无际的蓝

我热爱这样的好时辰
夜幕降临，牦牛开路
诸神提灯，教我们如何摘取苦寒之物

途中记

你们可以是水中的茉莉
缺少四月的明媚

你们可以是笼中的白虎
抑或，某个傍晚的蓝色
你们只是在我的眼中

跳动了一下
又一下

在我们奔赴死亡的途中

潮水向心尖退去

我熟悉早退的人说谎的技艺
屠夫手中的刀落下来的技艺
我熟悉山川逶迤的技艺
我熟悉你雕刻我的技艺
最先是轮廓
然后是我的低音和颤抖
我的手指触碰过衰败的草丛

我熟悉潮汐涨落的技艺
如同你再次雕刻我
在木石上，在花楸上
那些潮水正向心尖退去

我的心在火光中

一直走，到古老的盐碱之地
我有一袖口的烟云，在这里四散
满怀的春风，只因它过于强大
让我畏惧来时之路

我撤退，在阳光折线的洞穴
蜷缩的身子忽地变小
空虚的眼神正在游离
我审判真理
忍受消亡

一直走，伸出的五指撞击黑夜
撞向被折枝的树冠，我的心在火光中炽热

预言

在被忽略的地域，你不断地挣扎
是慵懒使你对世界充满歉意
因为生活中缺少忐忑
你对黑暗和残缺持有频繁的赞美
你渴望灵魂的暴力

当一池潭水渗漏——
你将咒语领进硝烟弥漫之地

偶尔弯曲

不可能什么都是直的，你要静下来
承认河流是弯的
月亮是弯的
你脚下的路是弯的
你弯一弯身子，拿起的
镰刀是弯的
还有什么是弯的，比如命
始终是弯的
比如河流，只有是弯的
才能生出一颗颗珍珠
只有是弯的，才会有
流水潺潺和涌泉奔流
这一生，不可能什么都是直的
偶尔要弯一下，然后
再弯一下
只有是弯的，更多的事物
才会是直的

舍不得

舍不得春回大地，在光阴里承认

我们都是虚伪的人

舍不得把昨天的雪铺在地上

在寒夜里，我们抱紧彼此，一起融化

如果有谁舍不得鸳鸯戏水

只因情深缘浅

舍不得输掉今生，我们一点点

改变心意、初衷，一程路的方向

我们是舍不得靠近，抱得太紧

也会窒息死亡

关于一次美学的探讨，我们舍不得发出声音

一语不合，就天各一方

舍不得重逢，只因散场的宴席充满悲伤

挽留

我会挽留一棵稻草，一片在风中
吹散的云，很多次
我的挽留大于我眼前的秋天
挽留常常充满邪念、嫉妒和悔意
我给这些被挽留的事物起名字
覆盖人类的善心
现在，我习惯于挽留陌生人
被遗落在人间的小事物
它们总会在不经意间，道出一个真理
说出人类的秘密
变成另一个我，假装太平
假装挽留跟自己一样的人
或者假装对他们好，挽留一点恻隐之心
挽留自己在世间最多的爱
我想，我会挽留更多，莫须有——
也要挽留

遇见

这一生，我会遇见变卦说谎的人
神经衰弱还要熬夜的人
缺少光芒和爱慕虚荣的人
我会遇见阴雨天都赶路的人
关节痛的人，在夜里死去活来
把膏药贴在小腹上的人
遇见对着我一言不发的人，大声
呵斥我的人，原谅我的人
爱我的人，懂我的人，像
我的爸爸和妈妈
欺骗我的人，说什么我都信
遇见怀揣刺刀和怀抱婴儿的人
河流干了，大海也干了
我遇见小寡妇把自己扔进水里
一对盲人，他们是恩爱的夫妻
没有什么比她们更美，在荷叶上跳舞的人
这一生，我遇见很多人

我还会遇见死去的亲人
他们隔三岔五来到人间看看——
尘世中忙碌的人，活着的人

寂静

遵从内心的秩序
在一个人命运的滩涂上
整理无果的忏悔
我知道
因为世界的沉寂部分
让我持续旺盛

尖叫——
对准罅隙里唯一的光
唯一的燃烧
我知道
因为世界的颤抖
让我在黑暗中缄默

因为盐水的沸腾
我来到命运的枯槁里，端坐——

遗忘

我经常忘记什么
关于我许下的承诺，我忘记了
关于我在草原上宰杀的羔羊，我忘记了
我说过的善，如同熄灭的焰火
我认同的恶，正与我同生

我忘记一个人的谎言、焦虑、颠踬
我忘记我自己
在惊慌失措的夜晚，持续地忘记被摧毁的事物

一簇桔梗花忘记凋零的日子
我忘记自己也曾深情地凝望冬天

雅歌

向你献出体内最柔软的部分
火苗在灵魂中旺盛
我哑默的借口，被和盘托出的全部秘密

向你献出池水中温热的莲花
我将不是我，而你，会持续盛开